③ 神祕的塞外訪客

作者／段磊

故事簡介

塞外的拉瓦族大汗派玄燭軍前往雁北朝覲見明皇，玄燭軍首領野宣趁機提出要與錦貓衛來一場比試。於是兩軍在紫溪山對壘，由明皇親自坐鎮。就在此時，一支神祕的隊伍悄悄潛入，意圖破壞比武，而突然出現在順天府外的鐵浮屠大軍也躍躍欲試……

人物簡介

葉明棠

雁北朝北鎮撫司的指揮使，帶領錦貓衛負責貼身保護皇帝及巡查緝捕等工作。智勇雙全、心思縝密，深得明皇信任。

金葉子

雁北朝北鎮撫司的指揮同知，也是葉明棠的得力助手。有勇有謀，是一名神槍手。

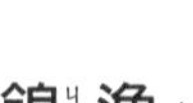

錦逸

雁北朝北鎮撫司的女醫官，精通醫術，擅長製作各種藥丸。只在有任務時才進入北鎮撫司，平日生活在紫溪山，研究草藥。

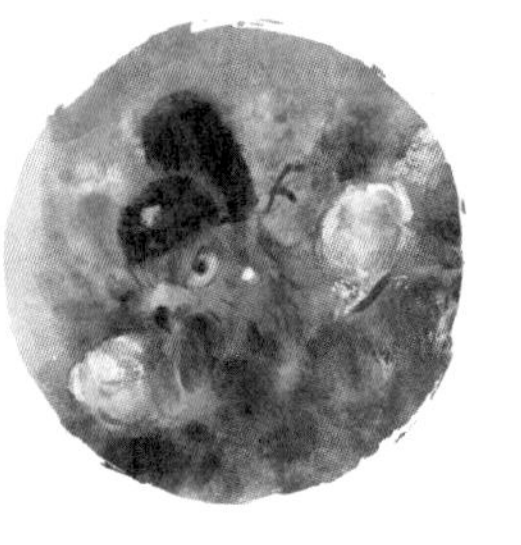

灰雲月

雁北朝北鎮撫司的鎮撫使，也是斥候小隊的隊長。擅長偵察、探祕，以動作敏捷著稱。

明皇

雁北朝的皇帝，驍勇善戰、勤政愛民，對葉明棠掌管的北鎮撫司信任有加。

野宣

塞外拉瓦族玄燭軍的首領，性格驕傲自大。

墨無涯

曾任北鎮撫司的指揮使，詭計多端，窮凶惡極。因不滿明皇的統治，與千山盜勾結，意圖謀反。

明空

居住在深山裡的巨猿，性情凶悍。曾因為受傷被錦逸所救，從此成為北鎮撫司的祕密戰士。

霍耿

雁北朝金吾衛的統領，負責順天府皇城的安全防護工作。數次隨明皇南征北討，立下顯赫的戰功。

早春時節，冬雪還沒完全融化。一隊拉瓦族打扮的人正朝著順天府的方向緩緩行進，古銅色的馬鈴在寒冷刺骨的北風裡叮噹作響。

為首的是拉瓦族玄燭軍的首領野宣，他讓隊伍在離順天府十多里外的紫溪山下紮營，只帶著副將門薩進城。

「將軍，我們這次進順天府，為何要讓隨行的將士留在城外紮營？」門薩不解的問。

「這次大汗派我們出使雁北朝，是為了探查北鎮撫司錦貓衛的實力，我們必須謹慎行事，絕不能影響兩國關係。雁北朝皇帝心思敏銳，把將士留在城外也是為了表達我們的誠意。」

野宣說完，看著門薩問道：「怎麼？你害怕了嗎？」

門薩怒氣沖沖的回道：「笑話！馳騁草原的狼怎麼會怕圍牆裡的貓！」說完，便策馬朝順天府奔去。

野宣抬頭看了眼天空，厚厚的雲層遮住了陽光，雖然已經是早春，但是這裡的北風依舊非常寒冷。

隔天一大早，明皇接見了來自塞外的拉瓦族使者。

野宣和門薩將雙手交叉，抱在胸前，用狼族的抱手禮向明皇行禮。

「拉瓦族使者，到了我雁北朝皇帝面前，還不行下跪禮！你們可知這是大不敬之罪，觸怒了天威，你們可擔待不起！」站在御前的宦官喝斥道。

「我們狼族只對神下跪，不會因為到了你們的土地就服從你們的規矩。」門薩毫不示弱。

「好了，禮數不同，不必拘泥。不過你們這次親赴順天府，不知有何事要稟報？」明皇不在意的揮揮手。

「雁北朝皇帝天威遠播，再過些日子就是元宵節，大汗讓我們帶來上好的羊皮襖和珍寶作為進貢的禮物，以表達我拉瓦族對雁北朝的崇敬，希望兩國永結同盟，邊境再無戰亂。另外，我族有一個小小的請求，希望能讓我們玄燭軍和雁北朝的錦貓衛來一場比試，切磋一下武藝。」野宣答道。

接著，野宣故意在明皇面前誇讚拉瓦族的玄燭軍。「我們玄燭軍能執行最危險的任務，也擁有僅次於拉瓦族鐵浮屠的進攻能力，就算是揚名天下的錦貓衛，也不見得是玄燭軍的對手。」

明皇聽到這番話，十分不悅，隨即答應野宣的請求。「既然玄燭軍這般勇猛，朕就如你所願，讓錦貓衛和你們切磋一下，也可以增進兩國的感情。」

說完，明皇轉頭對身邊的宦官說道：「宣霍耿和葉明棠速來覲見。」

宦官領旨，對著殿外大聲喊道：「皇上有旨，宣金吾衛統領霍耿、北鎮撫司指揮使葉明棠覲見。」

不到一盞茶的工夫，霍耿和葉明棠急忙從殿外走了進來。

霍耿和葉明棠站在御前。金吾衛統領霍耿，穿著威武厚重的將軍甲，頭戴鳳翅盔，身披明光鎧、鎖子甲，遮住面容的紫金色獸面更是顯得威風凜凜，讓人不敢直視。

葉明棠看向野宣的時候，發現野宣也正在看著自己。對視的那一刻，葉明棠感受到一股前所未有的壓迫感。

「葉明棠，這位是拉瓦族玄燭軍的首領野宣，朕已經答應他的請求，讓錦貓衛和玄燭軍進行一場友誼賽，你回去好好準備一下。」

「啟奏陛下，北鎮撫司公務繁忙，錦貓衛都被我派出去執行勤務了，恐怕一時難以抽身來和玄燭軍較量。」葉明棠向明皇稟報。

還沒等明皇說話，野宣就搶先開口：「聽說雁北朝的錦貓衛天下無雙，今日指揮使大人卻如此推託，莫非是怕了不成？」說完，野宣和門薩互看一眼，哈哈大笑起來。

葉明棠當然不是懼怕玄燭軍，只是擔心這些塞外的狼族有其他企圖。

不等葉明棠解釋，明皇立刻下令：「葉明棠聽旨，錦貓衛負責查案和保衛順天府的任務，暫由金吾衛代勞。你們抓緊時間準備，於後日在城外的紫溪山，與拉瓦族的玄燭軍比試，朕將親臨督戰。」

「遵旨。」葉明棠向明皇叩首，他知道此事已定，再說什麼都沒有用。

明皇下令後不久，在順天府城南的一片竹林裡，一個千山盜的老鼠士兵急忙跑到一塊大青石下，氣喘吁吁的向坐在青石上的黑衣人稟報：「大……大人，果然不出……大人所料，皇帝答應了狼族的請求，讓狼族士兵和錦貓衛於後日在城外的紫溪山比試。」

「真是天助我也！這次我一定要親自出馬！只要狼族和雁北朝交惡，天下自然會落入我的手中。」黑衣人從黑暗中露出樣貌，正是一直躲在幕後，作惡多端的北鎮撫司前指揮使——墨無涯。

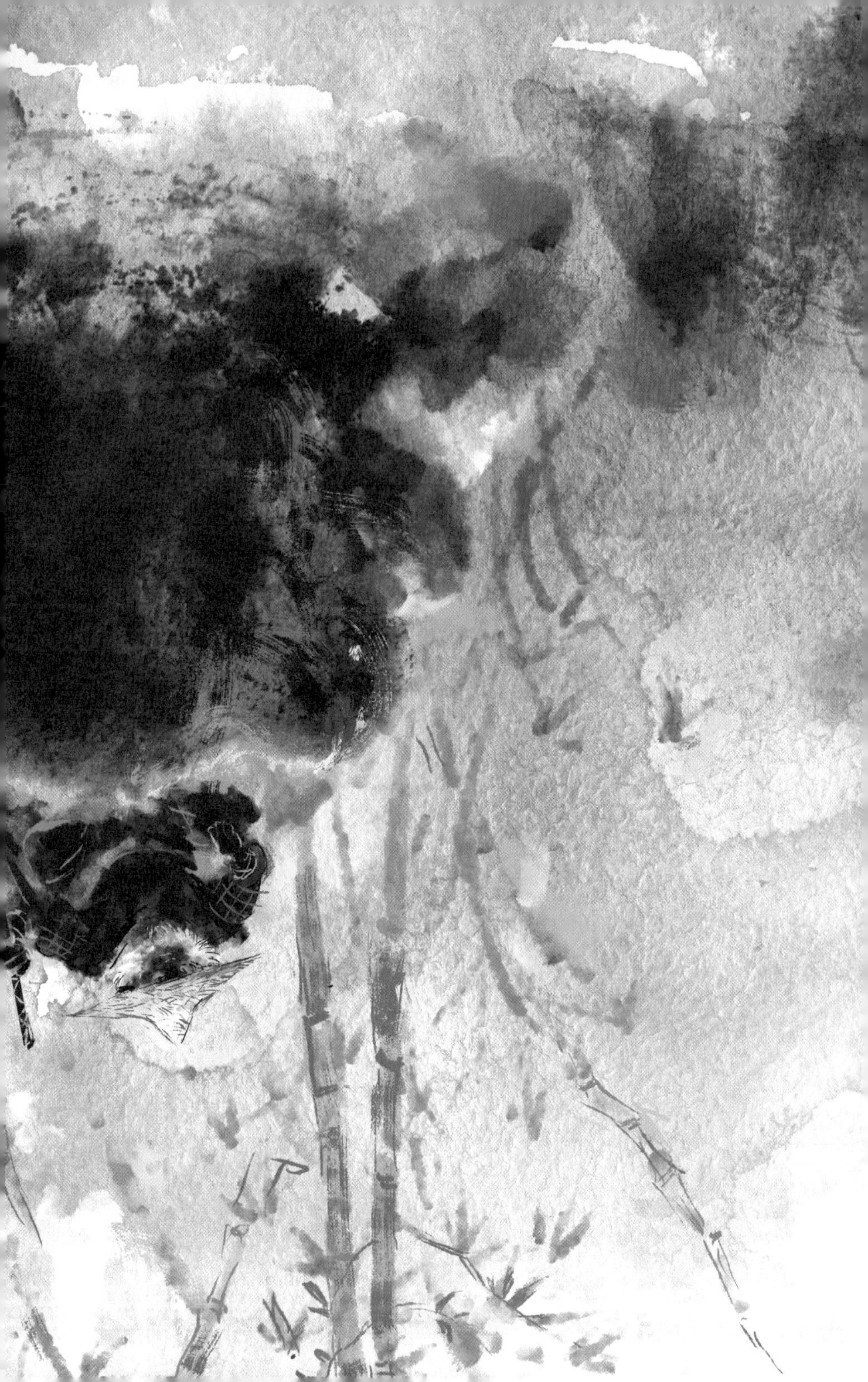

時光飛逝，比試的日子轉眼就到了。天剛矇矇亮，葉明棠便帶領全副武裝的錦貓衛走出北鎮撫司。他囑咐大家一定要小心，除了英勇作戰，還要隨時保護明皇。

同一時間，灰雲月從皇城飛出。葉明棠交給他一個祕密任務，並吩咐他務必完成，因為這關係到整個順天府，甚至雁北朝的安危，不能有一絲差錯。

護送皇帝的隊伍浩浩蕩蕩的朝著紫溪山前進。明皇已提前命人將玉璽藏在紫溪山的某個隱密處，再將裝有線索的兩顆寶珠藏在不同的地方，並且有神獸把守。錦貓衛和玄燭軍必須分別找到神獸，並從神獸所在的位置找到藏有線索的寶珠，方可得到玉璽的下落，成為最終的獲勝者。

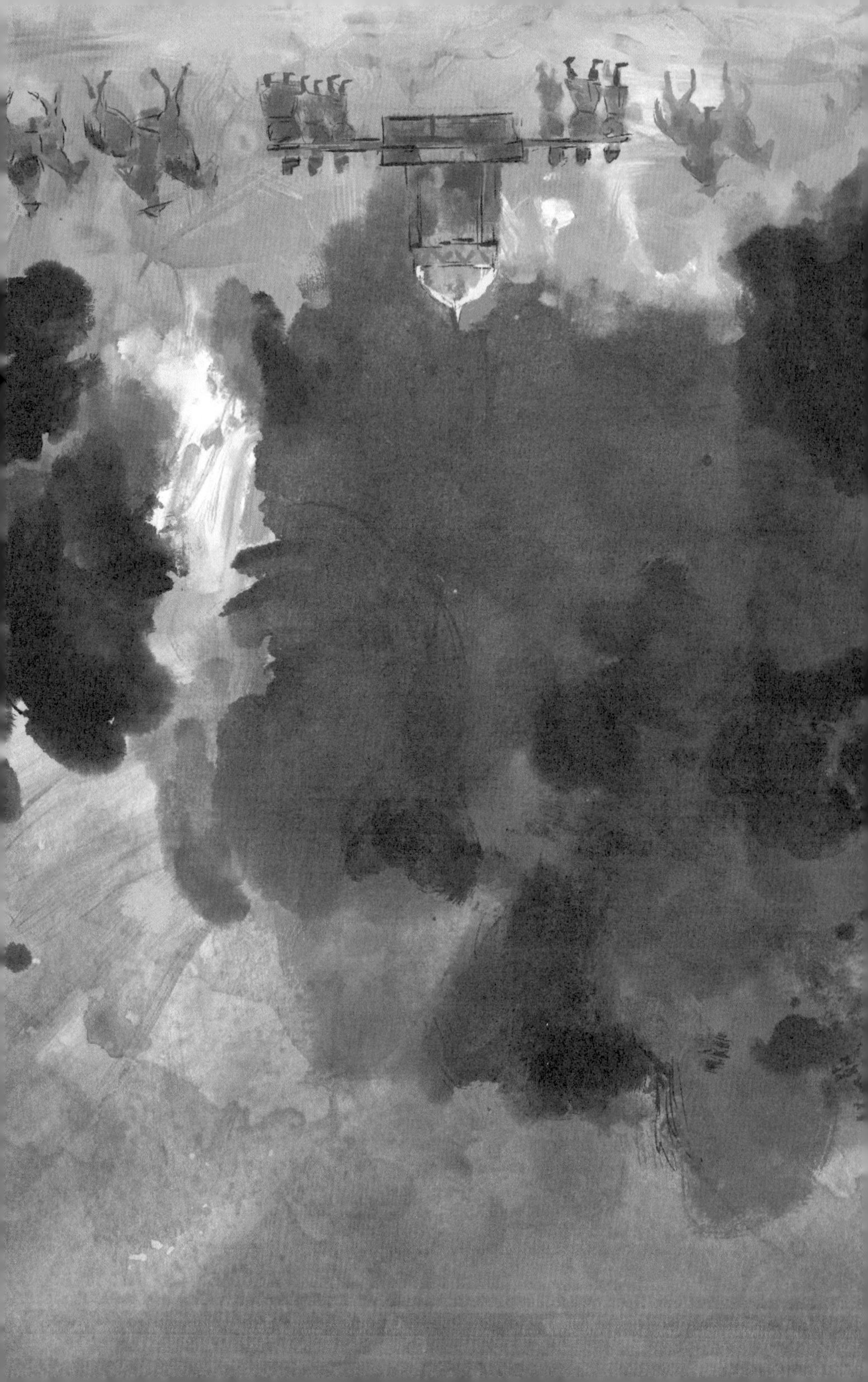

一切準備就緒，明皇宣布比賽開始，錦貓衛和玄燭軍分別朝自己的目標飛奔而去。

葉明棠帶著錦貓衛的兄弟們駕著幾葉扁舟駛入林中溼地，在綠色的浮萍下，一個狹長的身影若隱若現。

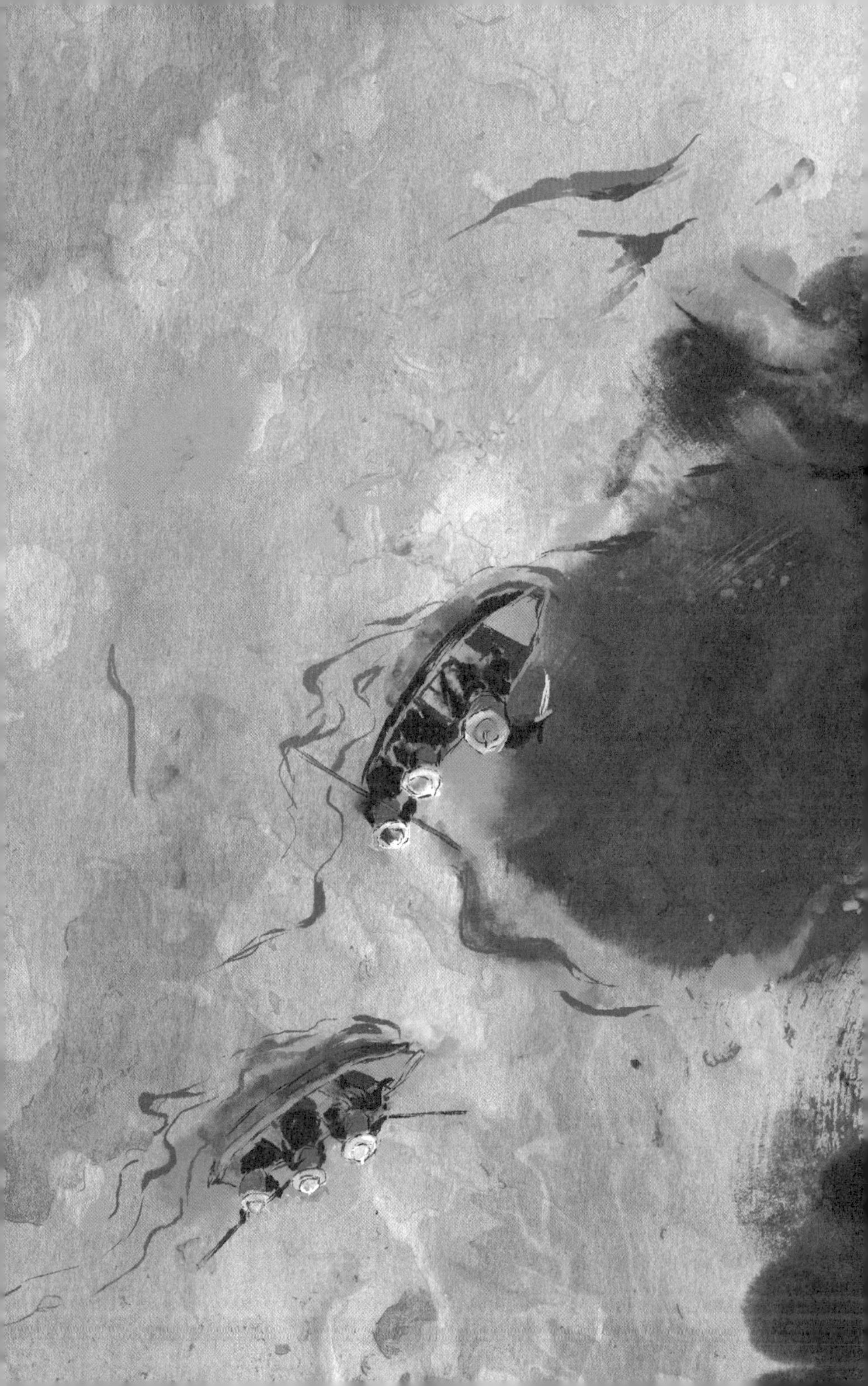

「金葉子，把澤吉叫出來吧！」葉明棠下令。

「遵命。」金葉子說完，便從懷裡掏出一支木笛吹奏起來。

金葉子獨自站在扁舟上吹著木笛，任由水流帶動船身，慢慢駛入溼地的中央。一個渾身布滿巨鱗的身影從舟下游過。

剎那間，水面浪花翻動，一條巨蟒破水而出，直挺挺的立在金葉子面前，一雙黃色的眼睛緊緊盯著他。

金葉子完全沒有被眼前的景象嚇到，依舊吹奏著木笛，笛聲也從悠揚轉為輕快。巨蟒似乎能聽懂這旋律，脖頸和身體跟著節奏輕輕擺動，使得身上的鱗片沙沙作響。

曲子結束後，金葉子抬頭對巨蟒說道：「朋友，把東西給我吧！」

巨蟒澤吉像是聽懂了金葉子說的話，向船頭處探過頭來，並且張開血盆大口，一顆閃閃發光的寶珠出現在牠口中。隨後，金葉子伸手把寶珠拿了出來。

金葉子立刻調轉船頭，回到隊伍中，把寶珠交給葉明棠。

「那些草原狼這次要輸得心服口服了。」

「誰能想到我們金葉子大人是位馴蟒高手呢！」

錦貓衛們你一言、我一語的打趣道。

「不可鬆懈，我們趕緊找到玉璽，回去覆命。」

葉明棠提醒兄弟們，而且灰雲月還沒有消息傳回來，一切都要加倍小心。

接著，葉明棠打開寶珠一看，裡面根本沒有玉璽的線索，只寫著幾個大字：「雁北朝皇帝有危險！」

「糟了！」葉明棠意識到明皇有危險，趕緊召集錦貓衛回去救駕。

玄燭軍也按照明皇給的地圖，抵達了寶珠所在的位置——一個位於半山腰的洞穴處。他們剛到洞口，一陣大風便迎面襲來，向裡面望去，隱約能從黑暗中聽到低沉的呼吸聲。

野宣讓大家對著洞口發出狼嚎聲。沒一會兒，一陣地動山搖，一個巨大的身影站了起來。

那黑影衝出洞口，在陽光下現出真面目，竟是一頭三丈多高的白色巨猿。這隻巨猿怒吼著，朝玄燭軍猛衝過來。

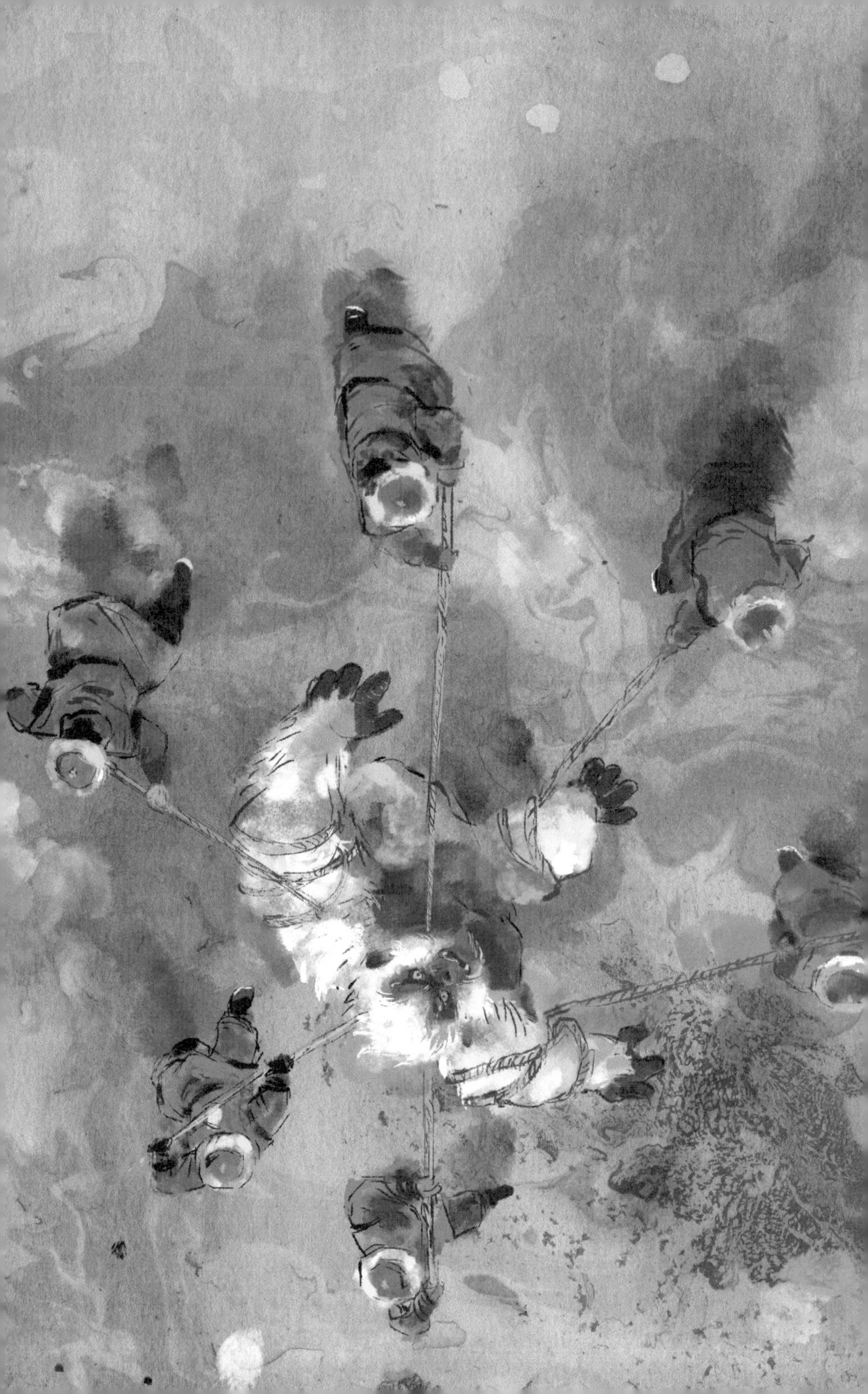

野宣有條不紊的指揮玄燭軍避開白猿的攻擊，並從幾個方向一起圍上去。同時，他們甩出繩索，用草原上抓捕野牛的方法，將白猿牢牢圈住，讓牠動彈不得。

強壯的白猿不停掙扎，卻無法掙脫玄燭軍的繩索。見白猿漸漸精疲力竭，玄燭軍便一擁而上，將牠制服在地。

「將軍果然料事如神，讓我們提早準備好繩索，不然這麼個大塊頭，我們可有苦頭吃了。」副將讚嘆道。

「這要感謝墨無涯，要不是他通風報信，告訴我神獸的來歷，我們就被那些臭貓擺了一道。」野宣說道。

野宣踩在白猿厚實的胸膛上，並從牠的口中得到寶珠。突然，林中傳來笛聲，緊接著，他聽到不遠處的灌木叢裡有窸窸窣窣的聲音，像是有東西在動。隨後，一股奇怪的香味慢慢飄了過來。

「大人，這味道好奇怪。」門薩說道。

「我們久居草原，這樹林裡有沒見過的植物，還散發不熟悉的氣味也不稀奇。大家不必驚慌，先看看寶珠上的線索再說。」野宣說完，便舉起寶珠對著陽光仔細觀察，赫然發現上面寫著「玄燭軍必死」五個大字。

「雁北朝皇帝的葫蘆裡到底賣著什麼藥！」脾氣火爆的門薩大怒道。

「冷靜！我們先撤退到空曠的地方去。」野宣說。

野宣帶著玄燭軍走了一陣子，看到遠處有人影閃動，走近些才看清楚原來是錦貓衛。

「你們這些可惡的臭貓，居然耍賴，還想謀害我們！」門薩大罵，可是對方完全沒有回應，只是朝他們快步走來。

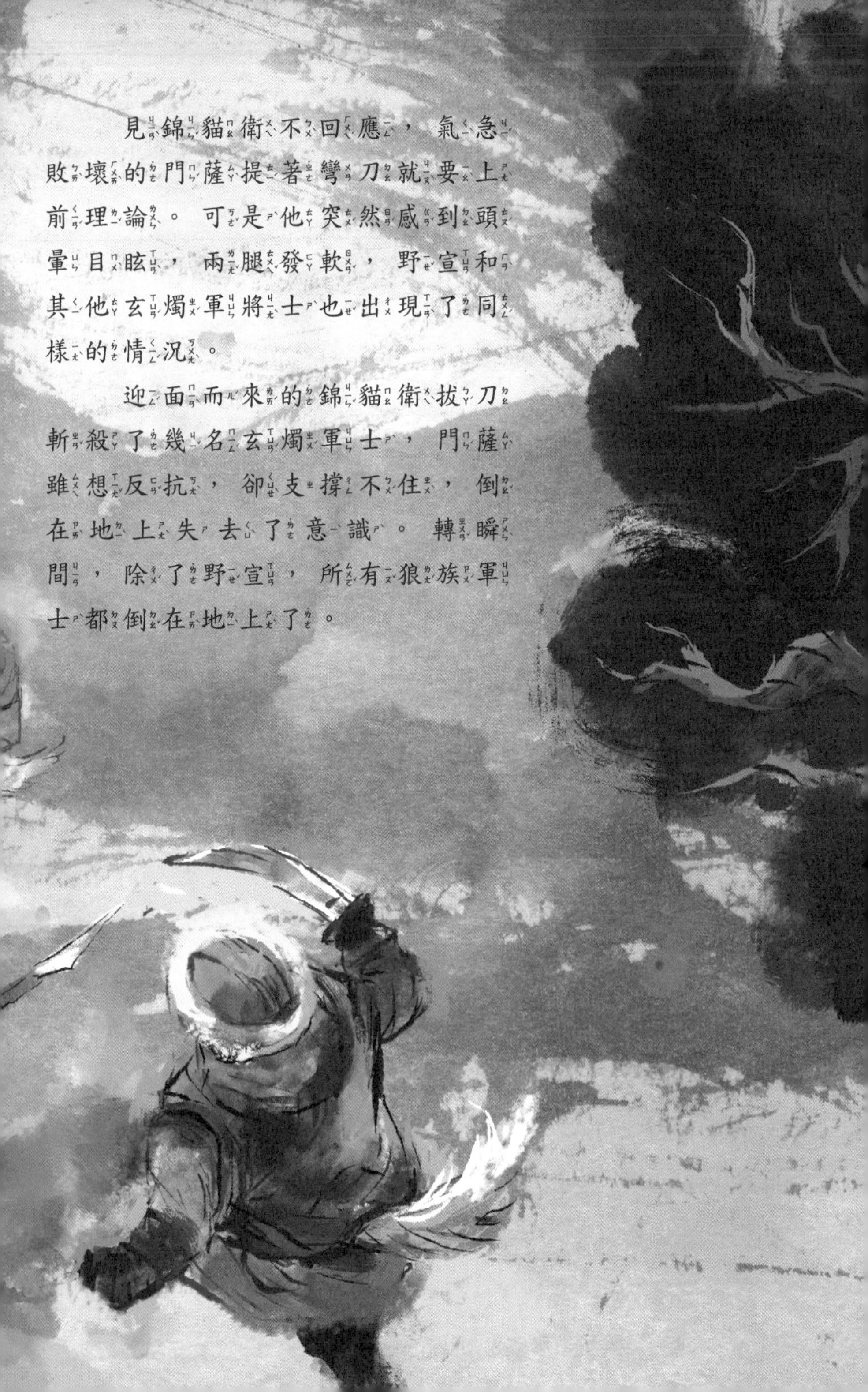

見錦貓衛不回應，氣急敗壞的門薩提著彎刀就要上前理論。可是他突然感到頭暈目眩，兩腿發軟，野宣和其他玄燭軍將士也出現了同樣的情況。

迎面而來的錦貓衛拔刀斬殺了幾名玄燭軍士，門薩雖想反抗，卻支撐不住，倒在地上失去了意識。轉瞬間，除了野宣，所有狼族軍士都倒在地上了。

野宣用盡全身力氣衝出包圍，朝樹林深處跑去，但這些錦貓衛卻不追趕。看到野宣跑遠後，為首的錦貓衛摘下面具，露出熟悉的奸笑——這群「錦貓衛」居然是千山盜的老鼠士兵假扮的。

野宣絲毫不敢停歇，好不容易才跑到一個空曠的山丘上。他從腰間取出一支號角，對著天空奮力吹響。沒一會兒，一隻禿鷹從空中盤旋而至。

「快通知大汗，我們中了錦貓衛的奸計，請大汗讓守在關外的鐵浮屠立刻進攻雁北朝！」

禿鷹對著野宣叫了三聲，轉頭向關外飛去。

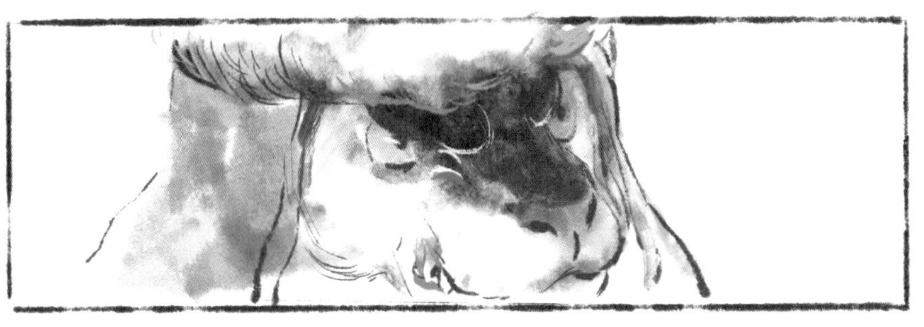

禿鷹飛遠後，野宣拖著疲憊不堪的身軀，憑著記憶跌跌撞撞的回到比試的起點。當他看到錦貓衛圍在明皇身邊，頓時怒火中燒，指著明皇便破口大罵：「想不到堂堂雁北朝的錦貓衛，居然用如此狠毒的手段暗算我們！我已經通知關外的鐵浮屠大軍進攻雁北朝，一定要將你們碎屍萬段，為我死去的狼族兄弟報仇雪恨！」

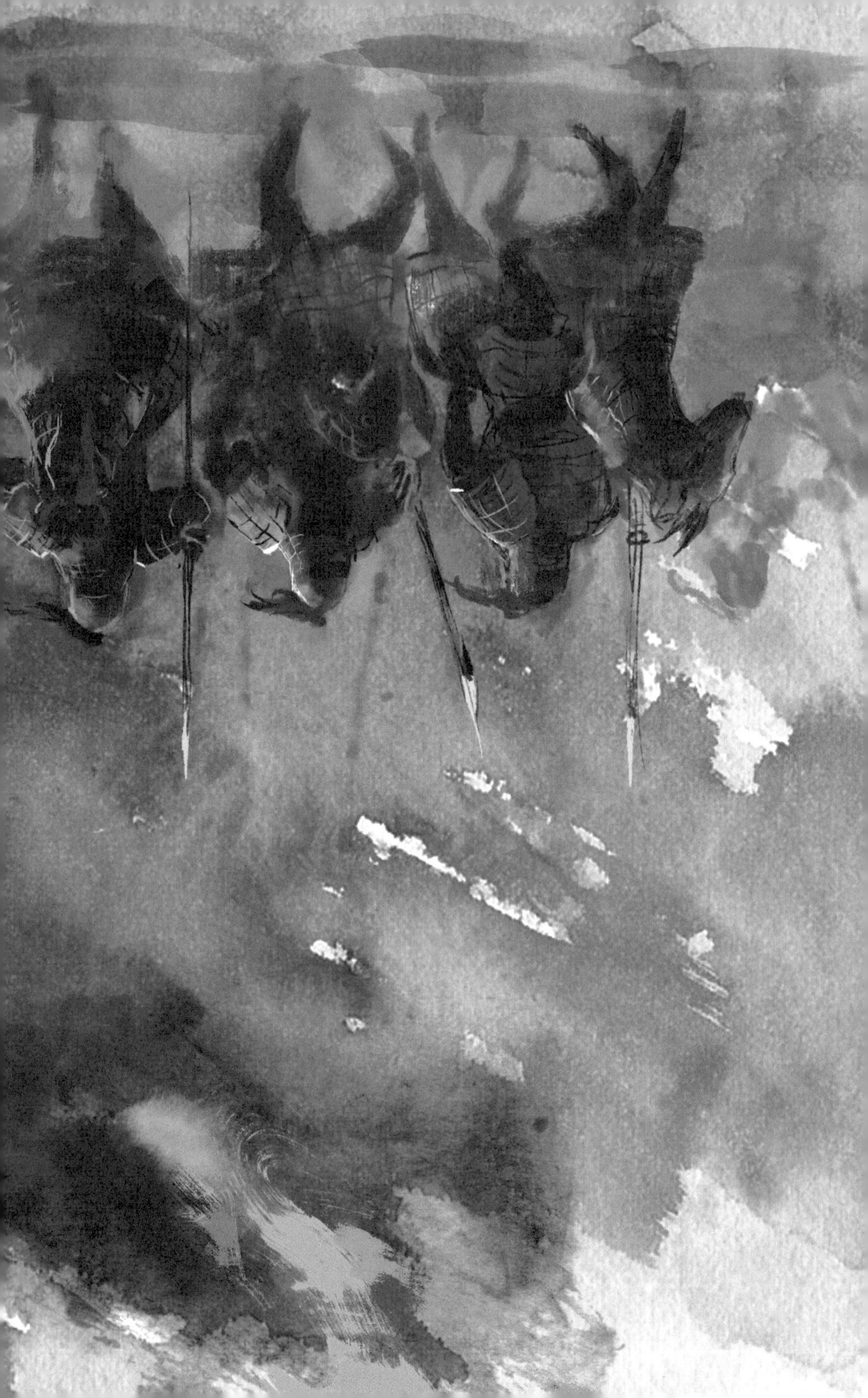

關外的鐵浮屠的大軍正浩浩蕩蕩朝順天府前進。這些戰馬都披上重甲，騎兵和他們的士們的面容，雖然看不見軍士們的面容，但那衝破天際的怒氣已經彌漫在夜色中。

為了防止憤怒的野宣傷害明皇，葉明棠和金葉子合力將他壓制在地。

「狼族勇士絕不受此屈辱，你們有膽量就現在殺了我，否則等到我狼族大軍攻陷順天府的那一刻，我一定親手解決你們這些臭貓！」野宣發瘋似的大喊著。

金葉子趕緊用一塊手帕堵住野宣的嘴。

「鐵浮屠怎麼會出現在關外？金吾衛加上鎮守城關的軍隊還不到八百人，如何能抵擋得住！」明皇焦急的說道。

「啟稟陛下，出城前，我已讓灰雲月到城外打探狼族的動向，當務之急是先護送陛下回宮。」葉明棠答道。

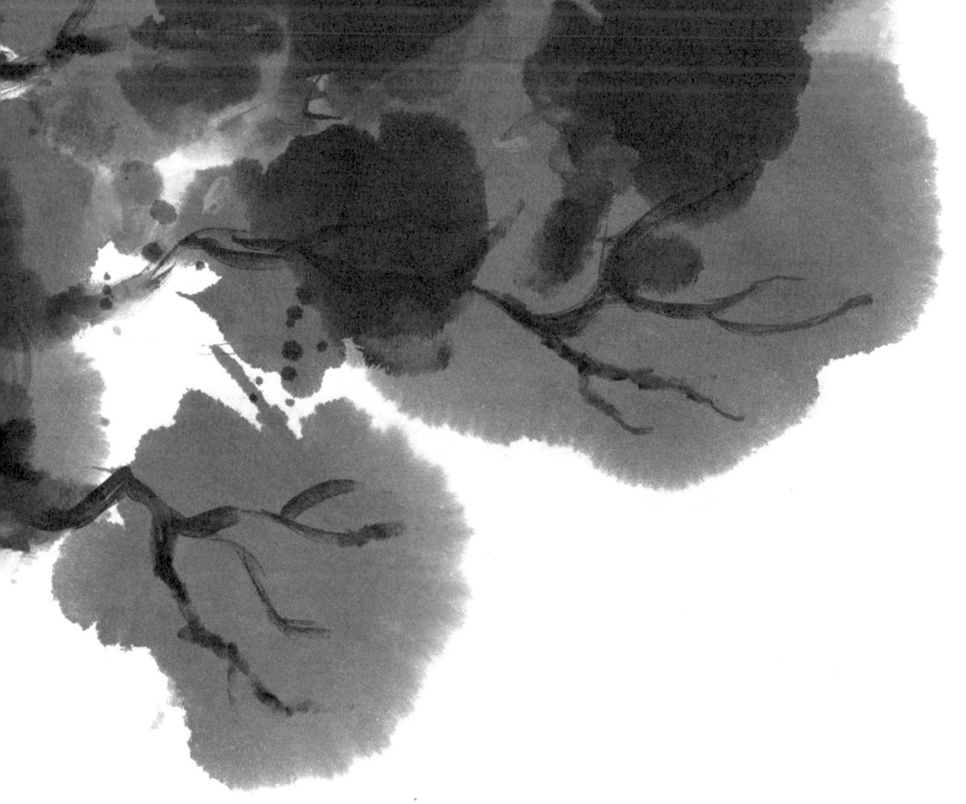

葉明棠正準備護送明皇回宮，卻看見前方樹林中有人影竄動，隱約可見是穿著飛魚服的錦貓衛。

「今天誰也別想從這片樹林中走出去，明年的今日就是皇帝的忌日！」領頭的錦貓衛朝著葉明棠大喊。

「墨無涯！」葉明棠脫口而出，作為曾經一起出生入死的兄弟，這聲音實在太熟悉了。

樹林中的錦貓衛走了出來，位於最前方的正是墨無涯，而他身後跟著的錦貓衛都是穿著飛魚服的千山盜餘黨。

「葉明棠，明皇迂腐昏庸，朝廷奸佞小人無數，看在你我曾並肩作戰、情同手足的分上，只要你把明皇交出來，我保證不會為難你和兄弟們。」墨無涯冷冷的說。

「墨無涯，你曾經是我的兄長和老師，是你教導我要除暴安良、心懷正義，你為何變成這副模樣？今天你要麼殺了我，要麼跟我回順天府伏法。」葉明棠說道。

「道不同，不相為謀，既然如此，就休怪我無情了！」墨無涯一揮手，千山盜立刻拔出兵刃，向錦貓衛步步進逼。葉明棠也讓兄弟們護在明皇身前，一場大戰一觸即發。

「葉明棠，對不住了！」墨無涯提起繡春刀後高高躍起，從空中一刀劈下。葉明棠也同樣握緊手中的繡春刀，迎了上去。

就在錦貓衛和千山盜於林中大戰的時候，狼族的鐵浮屠大軍已經兵臨城下。霍耿下令金吾衛用火銃射擊，然而，這對身穿重甲的騎兵完全起不了作用。

千鈞一髮之際，穿著遊俠袍、頭戴斗笠的灰雲月拿著一把烏黑的骨杖，擋在狼族大軍的前面。

「見烏木骨杖，如見大汗！鐵浮屠立刻停止前進，往後撤退五十里。」灰雲月把骨杖橫舉在胸前，大聲喊道。

看到大汗的權杖，鐵浮屠大軍停下了腳步，因為他們知道，除非大汗親自把這狼族聖物交給這隻灰隼，否則他還沒接近大汗的營帳，就會被守軍萬箭穿心。

而另一邊的樹林裡，錦貓衛和千山盜的戰鬥陷入了膠著。為了打破僵局，金葉子放了野宣，讓他也加入戰鬥。

「把我的佩劍拿來，我要把這些可惡的匪徒碎屍萬段！」明皇怒吼著。

千山盜雖然不是錦貓衛的對手，但他們的數量只增不減，如潮水般從樹林中不斷湧出，使錦貓衛寡不敵眾，節節敗退。

「護送陛下退到狹窄的地方，不要讓這些老鼠士兵攻破防線。」葉明棠一聲令下，錦貓衛開始縮小防線，他們全都圍在明皇身邊，並且慢慢靠近山壁，讓千山盜的老鼠士兵無法從背後包圍他們。

葉明棠和墨無涯打得難分難解，兩把繡春刀碰撞出火花，一時間難分勝負。

「葉明棠，你已經窮途末路，為何還要做頑強的抵抗？」墨無涯惡狠狠的說。他知道錦貓衛不會輕易認輸，可是眼前的局勢已見分曉，但葉明棠的眼神裡卻完全看不到一絲膽怯。

「墨無涯，你離開北鎮撫司太久，忘記錦貓衛不會打沒有準備的仗，我們永遠都會留有後手。」葉明棠答道。

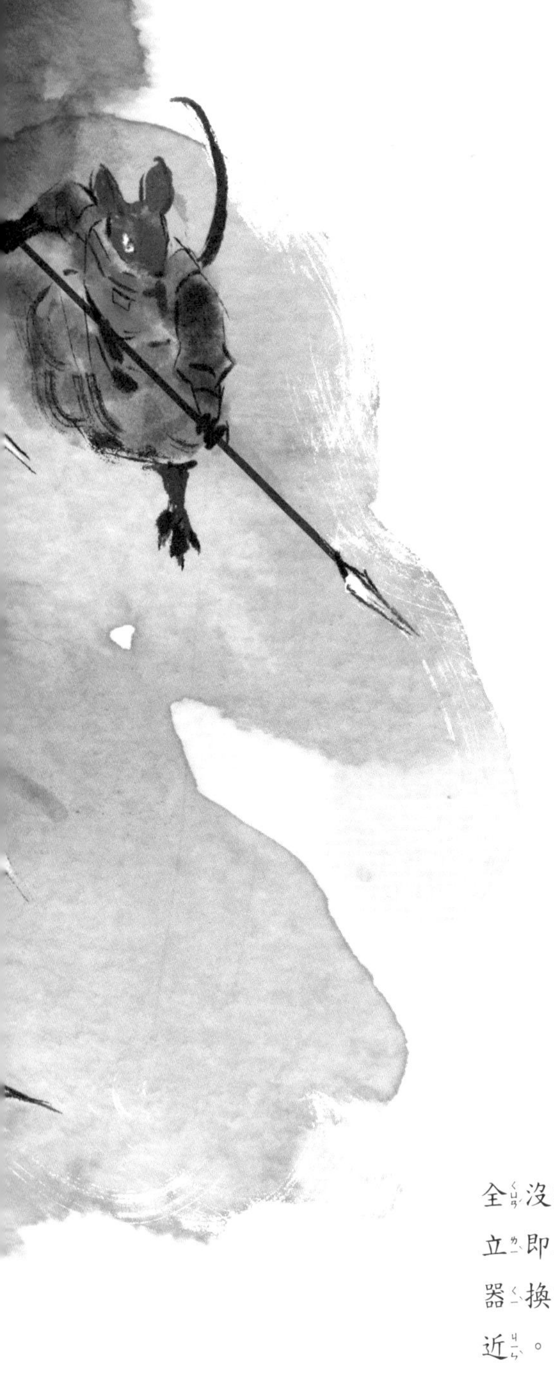

見錦貓衛已經完全沒有退路，墨無涯立即下令千山盜將武器換成長槍，向前逼近。

這時，空中傳來一聲鷹嘯，灰雲月隨即從天而降。

「稟報指揮使，我把你的信交給拉瓦族大汗後，拿到烏木骨杖。現在，鐵浮屠大軍已經往後撤退五十里了。」灰雲月說道。

「太好了！支援部隊馬上就到，我們準備全面反擊！」

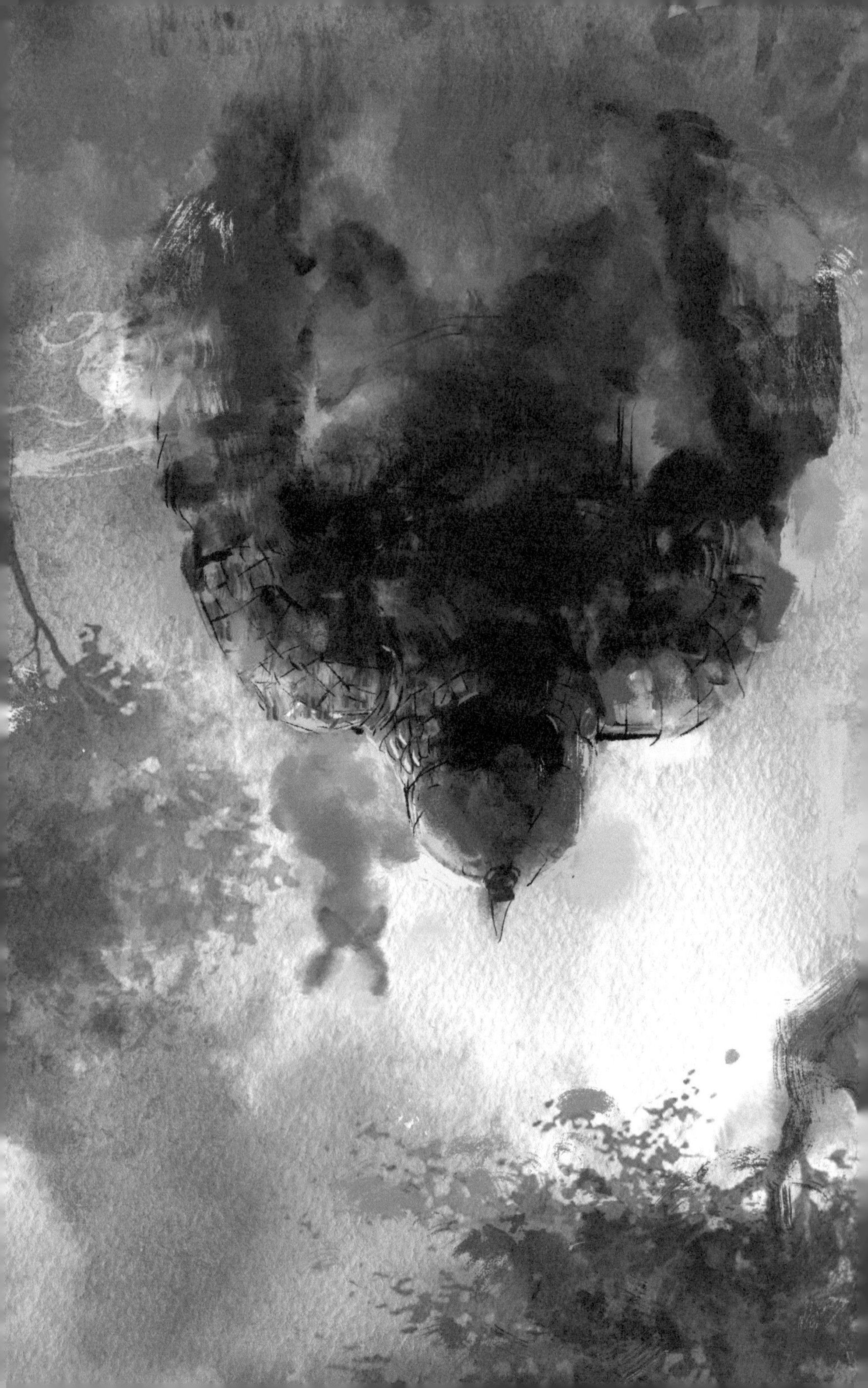

葉明棠的話才剛說完，大地就開始顫動。然後，樹林中傳來一陣清脆的鈴鐺聲，緊接著樹影搖晃，一個巨大的身影慢慢顯現——原來是住在洞穴的白色巨猿明空！牠頭戴鐵盔，身披鐵甲，朝千山盜走去。而站在明空肩上，手裡搖著鈴鐺的，正是北鎮撫司的醫官錦逸。

雖然千山盜的數量眾多，但他們不像拉瓦族有馴服猛獸的經驗，況且明空身披重甲，這些老鼠士兵很快就被打得七零八落。

千山盜自知不是白猿明空的對手，便試圖跳進水裡逃走。可是誰能想到，巨蟒澤吉突然從水中一躍而起，張開大口，沒一會兒就把落入水裡的老鼠士兵全部吞進腹中。

錦貓衛趁機上前，捉拿潰敗的千山盜。經此一役，千山盜死的死、傷的傷，再也沒有為非作歹的能力了。

千山盜被一網打盡，可是墨無涯卻不見了。葉明棠正準備尋找墨無涯時，明皇從後方拍了拍他的肩膀，說道：「朕果然沒有看錯，等朕回到順天府，一定會重賞錦貓衛。」

「多謝陛下，但墨無涯……」葉明棠認為沒抓到墨無涯，就不算真正的勝利。

野宣重回林中，尋找玄燭軍士兵，看到大家已經醒來且安然無恙，他高興極了。士兵們看到野宣平安無事，也紛紛上前，抱在一起，欣慰的仰天長嚎。

墨無涯費盡心機，制定了如此周詳的計劃，最終還是敗給了葉明棠，他雖然恨得牙癢癢，卻也無計可施。躲在樹後的墨無涯只能眼睜睜看著千山盜被錦貓衛和玄燭軍合力押送回去。

「葉明棠，只要我墨無涯還活著，你和你的手下遲早會敗在我的手上！」墨無涯惡狠狠的說。

看著葉明棠一行人逐漸走遠，墨無涯正準備逃走時，突然感到頭頂的陽光被遮住了。他下意識的回頭，只見一隻巨大的白猿站在自己面前。

錦逸把鐵棍橫舉在墨無涯面前，說道：「墨無涯，想往哪裡逃！明空能聞到你的氣息，你就是逃到天涯海角，我也能找到你。」

墨無涯見大勢已去，癱倒在地上，無話可說。

順天府又恢復往日的寧靜，錦貓衛一路護送玄燭軍到關外，路邊盛開的花朵隨風搖曳。

「野宣十分慚愧，中了墨無涯的奸計，差點挑起戰爭，讓拉瓦族和雁北朝的盟約毀於一旦。」野宣和葉明棠道別。

「這是墨無涯為報私仇，集結千山盜餘黨所犯下的惡行，將軍只是一時被蒙蔽。拉瓦族玄燭軍的勇猛，錦貓衛佩服之

至。雖曾有誤會，但從此以後，我們兩族一定會更加團結，一起守護這來之不易的太平盛世。」

「指揮使所言盡顯大國氣度，野宣更加慚愧了。我回去一定稟報大汗，今後定和雁北朝永結同盟。」

「葉明棠也會上奏陛下，紫溪山之亂是墨無涯一黨所為，雁北朝絕不會與拉瓦族為敵。」

這一次，野宣用雁北朝的禮節和葉明棠拱手道別。雖分屬不同族，但勇士間對彼此的尊敬已經刻在心裡。

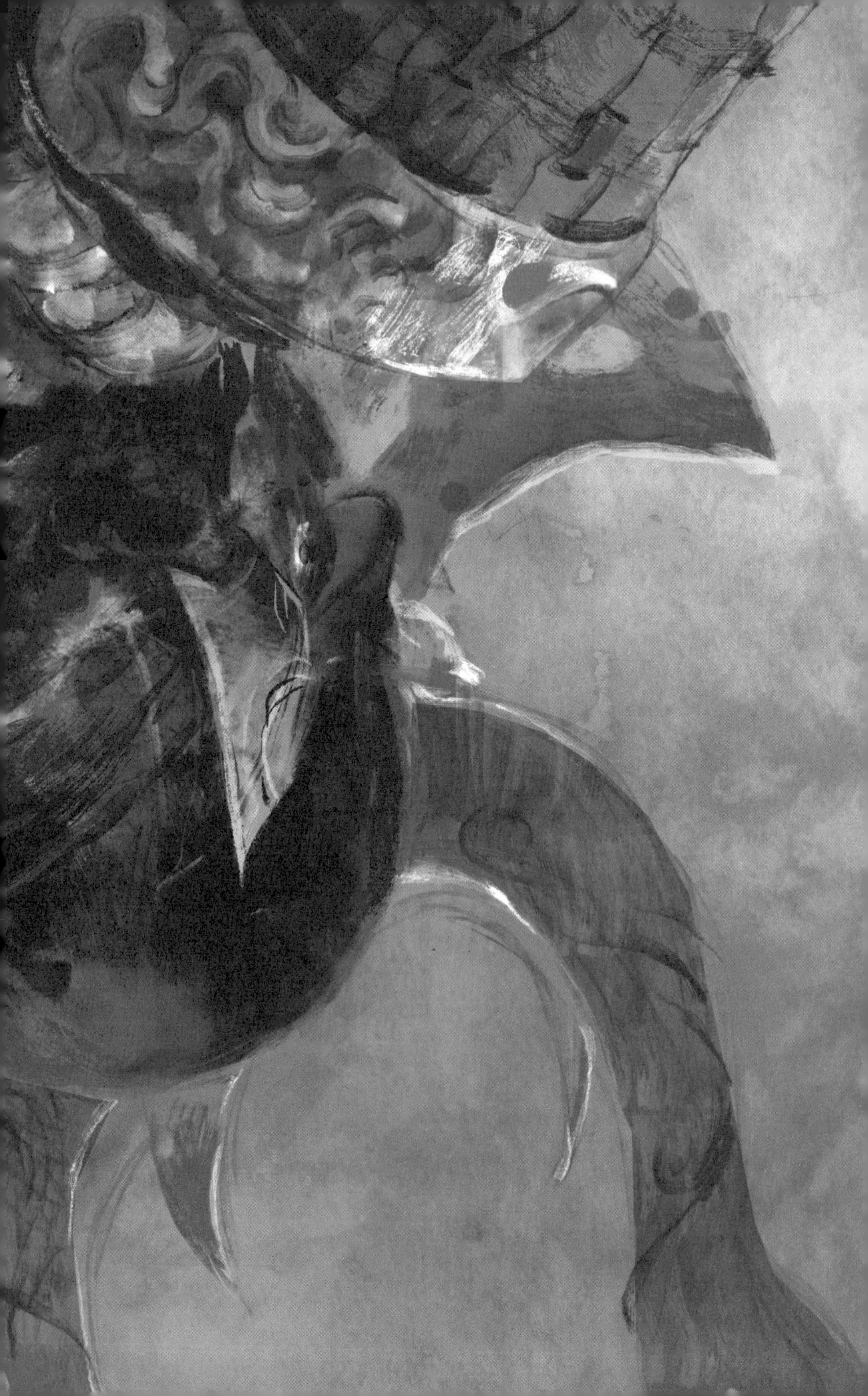

雖然千山盜已被消滅，墨無涯也被關入監獄，但這不代表順天府能從此盡享安寧。在某個地方，身披扶桑甲胄的將軍正慢慢戴上鬼面盔甲，用沙啞的嗓音自言自語：「葉明棠，一切才正要開始……」

國家圖書館出版品預行編目（CIP）資料

錦貓衛3神祕的塞外訪客 / 段磊作. -- 初版. --
新北市：大眾國際書局股份有限公司 大邑文
化, 西元2024.3
104面；14.2x21公分 .－（魔法學園；11）
ISBN 978-626-7258-66-8（平裝）

859.6　　　112022535

魔法學園CHH011

錦貓衛3神祕的塞外訪客

作者　段磊

總編輯　楊欣倫
副主編　徐淑惠
執行編輯　林曉芸
封面設計　張雅慧
排版公司　菩薩蠻數位文化有限公司
行銷業務　楊毓群、蔡雯嘉、許予璇

出版發行　大眾國際書局股份有限公司 大邑文化
地址　22069新北市板橋區三民路二段37號16樓之1
電話　02-2961-5808（代表號）
傳真　02-2961-6488
信箱　service@popularworld.com
大邑文化FB粉絲團　http://www.facebook.com/polispresstw

總經銷　聯合發行股份有限公司
電話　02-2917-8022　傳真　02-2915-7212

法律顧問　葉繼升律師
初版一刷　西元2024年3月
定價　新臺幣280元
ISBN　978-626-7258-66-8

大邑文化讀者回函

謝謝您購買大邑文化圖書，為了讓我們可以做出更優質的好書，我們需要您寶貴的意見。回答以下問題後，請沿虛線剪下本頁，對折後寄給我們（免貼郵票）。日後大邑文化的新書資訊跟優惠活動，都會優先與您分享喔！

您購買的書名：________________

您的基本資料：

姓名：________，生日：____年____月____日，性別：□男　□女

電話：________，行動電話：________

E-mail：________________

地址：□□□-□□________縣／市________鄉／鎮／市／區

________路／街____段____巷____弄____號____樓／室

職業：

□學生，就讀學校：________，________年級

□教職，任教學校：________________

□家長，服務單位：________________

□其他：________________

您對本書的看法：

您從哪裡知道這本書？□書店　□網路　□報章雜誌　□廣播電視

□親友推薦　□師長推薦　□其他________

您從哪裡購買這本書？□書店　□網路書店　□書展　□其他________

您對本書的意見？

書名：□非常好□好□普通□不好　　封面：□非常好□好□普通□不好

插圖：□非常好□好□普通□不好　　版面：□非常好□好□普通□不好

內容：□非常好□好□普通□不好　　價格：□非常好□好□普通□不好

您希望本公司出版哪些類型書籍（可複選）

□繪本□童話□漫畫□科普□小說□散文□人物傳記□歷史書

□兒童／青少年文學□親子叢書□幼兒讀本□語文工具書□其他________

您對這本書及本公司有什麼建議或想法，都可以告訴我們喔！

____

____

____

大邑文化 FB 粉絲團：http://www.facebook.com/polispresstw
e-mail：service@popularworld.com
傳真專線：（02）2961-6488
服務電話：（02）2961-5808（代表號）

大邑文化

寄件人地址：
□□□-□□ ____縣／市 ____鄉／鎮／市／區
____路／街 ____段 ____巷 ____弄 ____號 ____樓／室

廣 告 回 信
板橋郵局登記證
板橋廣字第 987 號
免 貼 郵 票

220-69
新北市板橋區三民路二段 37 號 16 樓之 1

大 邑 文 化　收